兒童問題解決系列 ⑤

我等不及了

林玫君 ◆ 譯

◆ A CHILDREN'S PROBLEM SOLVING BOOK ◆

I Can't Wait

Written by Elizabeth Crary

Illustrated by Marina Megale

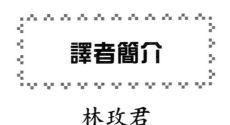

譯者簡介

林玫君

現任
國立臺南大學藝術學院院長
國立臺南大學戲劇創作與應用學系專任教授

學歷
美國亞歷桑那州立大學課程與教學組學前教育博士
美國亞歷桑那州立大學戲劇教育碩士

經歷
國立臺南大學幼兒教育學系教授兼系主任
教育部幼兒美感及藝術教育扎根計畫主持人
教育部幼托整合課綱美感領域主持人
國立臺南大學戲劇創作與應用系創系主任
香港幼兒戲劇教育計畫海外研究顧問
英國 Warwick 大學訪問學者

論文及譯著作
幼兒美感暨戲劇教育及師資培育等相關論文數十篇及下列書籍：
幼兒園美感教育（著作，心理，2015）
兒童情緒管理系列（譯作，心理，2003）
兒童問題解決系列（譯作，心理，2003）
兒童自己做決定系列（譯作，心理，2003）
在幼稚園的感受：進森的一天（譯作，心理，2002）
創作性兒童戲劇入門：教室中的表演藝術課程（編譯，心理，1995）
創作性兒童戲劇進階：教室中的表演藝術課程（合譯，心理，2010）
酷凌行動：應用戲劇手法處理校園霸凌和衝突（合譯，心理，2007）
創造性戲劇理論與實務：教室中的行動研究（著作，心理，2005）
幼兒園創造性戲劇理論探討與實務研究（著作，供學，2002）

家長們（或其他的成人）可以教導孩子如何思考

我寫了六本與問題解決有關的書，來幫助孩子學習如何解決社會問題。每本書都在探討一些孩子常常遇到的麻煩，如：和別人分享、等待、慾望、迷路、被取綽號等。孩子在思索書中的問題時，應該會充滿了興致，因為這些書的內容具互動性；它需要小聽眾或小讀者們，主動地幫助故事中的主角做決定並解決問題。

這些書為什麼不一樣

這些書看起來與眾不同，因為它們能發揮不凡的功效。它們以三種方式來教導孩子思考日常生活中面臨的問題：第一，示範「三思而後行」的過程。第二，為孩子提供多樣處理問題的方式。第三，呈現一個人的行為如何影響別人的歷程。研究中顯示，如果一個孩子愈能運用多元策略來解決自己的社會問題，他的社會適應能力就愈好。

如何使用本書

幾乎在每一頁中，你都可以找到一些問題來詢問孩子。在你讀到頁中的黑體字之前，給孩子一點時間思考如何回答這些問題。每一次討論到「抉擇」的部分（灰色欄中），讓孩子自己選擇要怎麼做。之後就翻到他們選擇的那一頁，看看會發生什麼事情。所有的替代方案並無對錯之別，我們只是提供孩子思考的機會。問題的結果能夠讓孩子自我發現——了解為什麼有些方法比另一些方法還有效果。

我也把一些和情緒有關的問題加進去，讓孩子思考當問題發生時，他們對一件事的感受是什麼。其實，對於事情的感受並無好壞之別，只是這些感覺是真實存在的。能察覺自己感受的能力，可以幫助孩子以符合自己或別人需要的方式，來思考問題解決的策略。

從故事轉到現實的生活

每本書的最後一頁，會邀請小讀者自己列出解決故事問題的其他方法。只要適當的引導，你的孩子可以利用書中的策略，來思考一些自己可能需要解決的問題。對一些不願意談論自己問題的孩子，你可以要他們討論：「如果換成書中的主角遇到這樣的狀況，他會怎麼做？」

透過閱讀這些書，你在幫助你的孩子學習怎麼做決定。更進一步地，你在教導他（她）：「思考和學習是有趣的」。孩子透過思考來學習思考，而不是經由直接的灌輸教導。盡量給予孩子充分練習思考及解決問題的機會。

祝大家玩得愉快！

Elizabeth Crary

西雅圖／華盛頓

「情緒」是人類與生俱有的本能與特點，它是一種複雜又難以用言語形容的生理反應及心理感覺。無論對大人或兒童而言，如何了解及面對自己的情緒是一件重要的事。多數的人都能接受正面的情緒如快樂、高興、喜悅或驚喜；但許多負面的情緒如生氣、悲傷、害怕或焦慮等反應，卻讓人難以接受。因此，當我們聽到孩子哭的時候，常常急著平撫：「乖乖，不要哭。」再不然，就斥責小孩：「哭什麼哭，有什麼好哭的？」當耐心磨盡時，更會威脅著說：「再哭，我就叫警察來抓你了！」通常孩子會愈哭愈大聲，不然就是被迫停止哭泣，但心中的不解與情緒的震撼，始終未被適當地疏導或解決。勉強壓抑的情緒終究會繼續發生，就像是個不定時炸彈，不知何時又會爆發。

許多負面的情緒常是因著一些生活上的問題或衝突未獲解決而產生。在面對孩子的麻煩時，大人常常以簡化的方式來擺平問題，例如在家中或教室裡，我們常會聽到成人要肇事的孩子以「對不起」、「用說的」、或是「下次不可以這樣」來解決問題。而有些大人則認為，孩子應該學著去解決自己的問題，因此，當衝突發生時，就告訴孩子：「我不管，你們自己去處理。」問題是——大人從來沒有提供任何的引導，孩子怎麼知道他可以如何解決當下發生的問題？

從小就很少有人教導我們如何去面對、接受或處理一些複雜難過的情緒與問題。多數人一直被教導著要「知禮守份」，只要乖乖聽話或用功讀書就好，其他的一概不用管，也不需要學。在生活中，「生氣罵人」是大人的權利；而「害怕」、「哭泣」是小Baby的行為。當生氣難過時，我們已經習慣去壓抑這些大人所認為的「不恰當」反應；而當麻煩出現時，我們也學著去忽略或者簡單處理這一些問題。漸漸地，當我們成為父母、為人師表時，在面對孩子的情緒反應及問題行為的當下，我們也不自覺地運用同樣的方法去壓抑這些負面的情緒及生活中的問題。

在今日瞬息萬變的社會中，孩子更是提前面對各類複雜的情緒與問題。家長與教師在處理這些狀況時，不能再如以往，用逃避或壓抑的態度來面對，他們更需要提供孩子各類的機會去了解自己的情緒且學習如何解決因應而生的問題。本書作者Elizabeth Crary就針對這個部分的需要，提供她個人的專業經驗。作者利用故事情境，為成人及孩子提供一個互動討論的空間。透過故事中的替代經驗，孩子得以發現不同的情緒表達方式與不同的行動所產生的後果。除了直接的討論外，筆者也建議成人利用戲劇扮演的方式來引導幼兒。藉此，幼兒更能深刻體認劇中人物的遭遇，並藉此來探討與自己有關的情緒經驗和社會問題。

林玟君

5

這是一個和小志有關的故事。
平常他可以自己玩得很開心。
有時候他會跑跑步、唱唱歌，有時候也會跟他的貓咪和玩具一起玩。

7

但有時候小志也會很不高興，就像現在這樣！

小志想要玩跳跳床，可是玩跳跳床的規則是：一次只能一個人玩。

現在輪到琪美玩，所以小志只得慢慢等囉！

小志在等待的時候，可以做些什麼事呢？

（等到孩子開始回答你的問題時，請翻到第4頁「如何使用本書」的部分，其中有如何鼓勵孩子思考的建議。）

抉擇

小志想出八個點子，他可以——

你想他會先試試看哪個點子呢？

（等待孩子的回答。然後翻到恰當的頁數，繼續這個故事。）

9

大吵大鬧

小志決定要大吵大鬧。

他大喊：「停，不公平，妳已經跳太久了，現在該我跳了，不公平！」

「我還沒跳完耶！」琪美說，她又繼續跳。

小志現在覺得怎樣呢？

既難過又生氣。他很想到跳跳床上跳，可是琪美還沒有跳完。

抉擇

小志現在要怎麼辦呢？

看看口袋裡有什麼東西

　　小志摸摸口袋，看看有什麼東西可以玩。他找到了一條線和兩顆石頭。

　　小志用線纏住石頭，把石頭輕輕地放在他的頭上。

　　就在這時候，琪美跳下床告訴他：「我好了！」

　　他現在覺得怎樣？

　　很快樂。他發現在等待的時候，也可以做點別的事，而且現在已經輪到他了。

　　你喜歡這樣的結局嗎？

　　如果在還沒有輪到小志之前，他就已經等得不耐煩了，這樣子該怎麼辦呢？

（請翻到第14頁。）

12

跟著一起跳

小志決定要做一些大的肢體動作。他從地板盡力往上跳。

「琪美，你看！」小志叫她：「我也在跳耶！」

琪美回答：「我們一起跳，很好玩哦！」

小志現在覺得怎樣？

　很快樂。他發現琪美在跳的時候，自己也可以跟著一起跳。

琪美現在覺得怎樣？

　也很快樂，跟別人一起跳是件好玩的事。

抉擇

小志已經跳得很煩了，那他該怎麼辦呢？

　　　找朋友一起玩 ⸻⸻⸻⸻⸻⸻⸻ 第22頁

　　　自己玩拼圖 ⸻⸻⸻⸻⸻⸻⸻ 第28頁

14

唱一首好笑的歌

　　小志決定唱一首好笑的歌。他看到小貓，就決定為那隻貓創作一首歌。

　　「貓咪！貓咪！我愛你！我真的好愛你！」
　　「漂亮！漂亮！真漂亮！你那對藍眼睛！」
　　「喵喵！喵喵！喵喵叫！我喜歡聽你叫！」
　　「貓咪！貓咪！我愛你！我真的好愛你！」

　　小志現在覺得怎樣？

　　很快樂但又難受！快樂的是已經快要輪到他了；難受的是他還得再等一會兒，現在還沒輪到他。

抉擇

那隻貓咪離開了，小志應該怎麼辦呢？

故意搗亂

他在等待的時候決定要故意搗亂，惹人討厭。

小志大叫：「妳這個討厭鬼，我要把妳推下來。」

琪美回答：「不，你不行，現在還是輪到我。」她繼續跳。

小志試著把她從跳跳床上推開。

小志現在覺得怎樣？

　　很生氣，因為琪美不讓他在跳跳床上跳。

那琪美覺得怎樣？

　　很高興但也很生氣。高興的是她仍然可以繼續跳，生氣的是小
　　志想要把她從跳跳床上推倒。

（請翻到第20頁。）

18

　　琪美和小志兩個人的聲音愈來愈大，後來，一個大人走過來，看看發生了什麼事。

　　琪美哭著說：「他把我推下來。」

　　小志大叫：「她在那裡跳了好久了。」

　　大人說：「現在還是輪到琪美啊！我知道你已經等了很久，而且覺得很不耐煩。我想你一定可以利用等待的時間，找點其他的事情做。」「如果需要提供意見，你可以找人幫忙。」

　　然後他拍拍小志的肩膀，告訴他：「你知道我很喜歡你。」

　　小志現在覺得怎樣呢？

　　既難受又高興。難受的是他還得繼續等待，高興的是至少有人關心他，而且會幫忙。

抉擇

小志現在該怎麼做呢？

找朋友一起玩

小志決定找小麗和他一起玩。

小志找到小麗，她正在和她的布偶玩。

小志問：「妳能和我玩嗎？」

小麗說：「好啊！」

小志問：「那妳想玩什麼？」

小麗回答：「我想玩捉迷藏。」

小志回答：「好吧！那我們去那個大的房間玩。」

他們兩個一起跑到另一個房間去玩，而且玩得很開心，直到輪到小志為止。

小志感覺怎樣？

快樂又難受。他很快樂，因為他正在和小麗一起玩；也有點難受，因為他還得繼續等待。

（請翻到第24頁。）

小志說：「你數十下，然後我現在躲起來好不好？」

「好啊！」小麗回答，然後她就開始數。

小志蹲下，躲起來。

小志現在覺得怎樣？

很高興但也很擔心。很高興可以和小麗一起玩，但是也很擔心在他玩的時候，可能有別的小朋友去占住跳跳床。

抉擇

小志和小麗兩個人輪著玩躲貓貓。小志接著會怎麼做呢？

找人幫忙 ⋯⋯⋯⋯⋯⋯⋯⋯⋯⋯⋯⋯⋯⋯⋯⋯⋯ 第26頁

一面玩一面等 ⋯⋯⋯⋯⋯⋯⋯⋯⋯⋯⋯⋯⋯⋯⋯ 第30頁

找人幫忙

小志決定找人幫他的忙。

他說：「叔叔，我實在想不出還有什麼其他的主意了，我在等的時候還可以做些什麼事情呢？」

叔叔回答：「我有三個建議，你可以——

自己玩拼圖；

到外面的庭院跑一跑；

或者假裝當一個新聞播報員，報導跳跳床比賽。

如果你還需要更多的意見，可以再來問我。」

小志現在覺得怎樣？

很快樂。因為他又多了三件事情可以做。

我們來看看小志接下來想做什麼事呢？

（請翻到第28頁。）

自己玩拼圖

小志決定在琪美玩跳跳床的旁邊玩拼圖。

他可以一面拼圖，一面就近等琪美。

最後琪美終於開口：「我跳完了，輪到你了，謝謝你等我。」

小志現在覺得怎樣呢？

　很高興但又有點難受。高興的是他趁等待的時候，找到一些有趣的事情做；難受的是他已經等了好久了。

你喜歡這樣的結局嗎？

假設琪美還想繼續跳，那小志該怎麼辦呢？

（請翻到第30頁。）

一面玩一面等

小志又繼續玩了一會兒。

然後琪美喊他：「輪到你了，我已經不想再跳了。」

小志一面跳一面大喊：「YA！YA！YA！」

小志現在覺得怎樣呢？

　太棒了！他已經等了好久好久，現在終於輪到他了。

琪美覺得怎樣呢？

　她也覺得很棒，因為她可以一直玩她的跳床遊戲。

你喜歡這樣的結局嗎？

想法攔

以下是小志想到的主意。

你可以開始列下一些自己的想法，當你等不及的時候，可以做些什麼事？如果隨時有新的點子，可以再加上去。祝你玩得愉快！

小志的想法	你的想法
✔ 大吵大鬧	✎
✔ 看看口袋裡有什麼東西	✎
✔ 玩別的東西	✎
✔ 跟著一起跳	✎
✔ 唱一首好笑的歌	✎
✔ 故意搗亂	✎
✔ 找朋友一起玩	✎
✔ 找人幫忙	✎
✔ 自己玩拼圖	✎
	✎
	✎

兒童問題解決系列 52020

我等不及了

作　　者：Elizabeth Crary

插　　畫：Marina Megale

譯　　者：林玟君

執行編輯：陳文玲

總 編 輯：林敬堯

發 行 人：洪有義

出 版 者：心理出版社股份有限公司

地　　址：231 新北市新店區光明街 288 號 7 樓

電　　話：(02) 29150566

傳　　真：(02) 29152928

郵撥帳號：19293172　心理出版社股份有限公司

網　　址：http://www.psy.com.tw

電子信箱：psychoco@ms15.hinet.net

駐美代表：Lisa Wu (lisawu99@optonline.net)

排 版 者：博創印藝文化事業有限公司

印 刷 者：博創印藝文化事業有限公司

初版一刷：2003 年 1 月

初版八刷：2016 年 3 月

Ｉ Ｓ Ｂ Ｎ：978-957-702-548-7（全套）

定　　價：新台幣 650 元（全套六冊，不分售）

解決社會問題……

兒童問題解決系列　教導兒童思考他們所遇到的問題。每個互動性的故事可讓讀者選擇主角的行動，並且知道結果為何。適用年齡為三至八歲。

本系列由 Elizabeth Crary 撰寫，Marina Megale 繪圖，林玫君翻譯。

52021 美美和咪咪都想玩小貨車

52022 小珍不喜歡被小迪叫笨蛋

52023 宗凱不想一個人玩，他想和別人一起玩

52024 修文的媽媽準備要出門，他感到難過又害怕

52025 琪美正在玩跳跳床，小志也想玩，他等不及了！

52026 佳佳和爸爸在動物園走失了，她很擔心找不到爸爸

應付強烈的情緒……

兒童情緒解決系列　介紹六種強烈的情緒。孩子可以從書中發現安全且具有創造性的方式來表達這些情緒。每個互動性的故事可讓讀者選擇主角的行動，並且知道結果為何。適用年齡為三至九歲。

本系列由 Elizabeth Crary 撰寫，Jean Whitney 繪圖，林玫君翻譯。

52011 我好生氣

52012 我好沮喪

52013 我好得意

52014 我好害怕

52015 我好興奮

52016 我好氣憤

解決人際關係的困擾……

兒童自己做決定系列 教導兒童去思考他們和其他兒童相處時可能遇到的問題。每個互動性的故事都可讓讀者選擇主角的行動，並且知道結果為何。適用年齡為五至十歲。本系列由 Elizabeth Crary 撰寫，Susan Avishai 繪圖，林玫君翻譯。

52031 有人偷了心怡的醃黃瓜，她該怎麼辦呢？

52032 小威需要安靜，他的妹妹想要玩——現在，他該怎麼辦？

52033 芳芳的一個同學總是從她頭上搶走她的帽子，她該怎麼辦？

52005 在幼稚園的感受：進森的一天

　　讓我們跟著進森走入他的幼稚園，去體驗一個四歲大的孩子，在學校一天生活中可能發生的狀況與感受，包含生氣、驕傲、及各種複雜的心情。透過老師的幫忙，進森慢慢練習用言語來表達他的感受。老師可以試著拿進森的例子和幼兒討論他們的感覺。在學前的階段，如何妥善表達及處理自己的感覺是非常重要的學習經驗。

　　本書由 Susan Conlin 與 Susan Levine Friedman 撰寫，M. Kathryn Smith 繪圖，林玫君翻譯。